LAS SOMBRAS DEL OLVIDO

ENMANUEL ADAMES

Página de Derechos de Autor

Título: El Legado de las Sombras
Autor: Enmanuel Adames J.
Fecha de publicación:06/14/2023

© **2023 por Enmanuel Adames J.**
Todos los derechos reservados.

Queda prohibida la reproducción total o parcial de esta obra, ya sea en forma impresa, electrónica o de cualquier otra manera, sin el permiso previo por escrito del autor. Cualquier uso no autorizado de esta obra constituirá una violación de los derechos de autor y será objeto de acciones legales.

ISBN:

Queda registrado el nombre y la obra del autor en los registros correspondientes. Toda similitud con personas vivas o fallecidas es mera coincidencia.

El Legado de las Sombras es una obra de ficción. Los personajes, lugares y eventos descritos en esta obra son producto de la imaginación del autor.

FIN DE LOS DERECHOS DE AUTOR

PRÓLOGO

En las sombras del olvido, se oculta un misterio ancestral que aguarda ser revelado. ¿Quién será capaz de desentrañar los secretos que acechan en la oscuridad? Adéntrate en un mundo de intrigas y conspiraciones, donde cada página te llevará más cerca de la verdad oculta en la mansión encantada. Prepárate para una aventura llena de suspenso y emociones, donde solo los valientes se atreverán a enfrentar el enigma que yace en las sombras del olvido.

ÍNDICE

1.	El Misterio en la Mansión	21.	La Maldición del Espejo
2.	Los Pasillos de la Oscuridad	22.	El Resplandor de la Verdad
3.	El Laberinto de las Mentiras	23.	El Abismo de la Desesperación
4.	El Último Enigma	24.	El Rostro del Engañador
5.	El Susurro de las Sombras	25.	La Danza de las Sombras
6.	El Juego de las Apariencias	26.	El Laberinto de los Recuerdos
7.	Enfrentando el Pasado	27.	La Senda de los Enigmas
8.	El Arte del Engaño	28.	El Destino Entrelazado
9.	El Secreto de los Espejos	29.	El Espejo de las Almas
10.	La Trampa Mortal	30.	El Velo del Engaño
11.	El Hilo de la Verdad	31.	El Abrazo de la Oscuridad
12.	El Eco de los Susurros	32.	La Promesa del Pasado
13.	El Enigma del Reloj	33.	El Camino Hacia la Verdad
14.	Entre la Luz y la Oscuridad	34.	El Silencio de las Sombras
15.	La Sombra del Traicionero	35.	El Enfrentamiento Final
16.	El Vórtice de la Perdición	36.	LaPromesa del Pasado
17.	El Precio del Conocimiento	37.	El Camino Hacia la Verdad
18.	El Legado de los Antiguos	38.	El Silencio de las Sombras
19.	El Umbral de la Locura	39.	La Llave del Misterio
20.	El Misterio de la Cripta	40.	El Enfrentamiento Final

CAPÍTULO 1: EL MISTERIO EN LA MANSIÓN

El sol se ocultaba en el horizonte cuando John Parker se adentró en los portones oxidados de la antigua mansión. Con cada paso que daba, la sensación de misterio y opresión se intensificaba. La mansión parecía guardar innumerables secretos en su interior, susurrando historias de sucesos inexplicables. John sabía que estaba a punto de enfrentarse a un desafío que pondría a prueba su valentía y su ingenio.

El viento soplaba entre las ramas de los árboles cercanos, creando sombras inquietantes que se deslizaban por las paredes de la mansión. El crujido de sus pasos resonaba en los pasillos vacíos, y una sensación de intriga y peligro lo envolvía. ¿Qué secretos aguardaban en cada habitación? ¿Qué misterios escondían las sombras del olvido?

Conforme avanzaba, John descubría detalles que despertaban su curiosidad: retratos enigmáticos que parecían seguirlo con la mirada, muebles antiguos cubiertos de polvo que guardaban recuerdos silenciosos y pasadizos ocultos que invitaban a la exploración. Cada hallazgo lo acercaba más al corazón del enigma que se cernía sobre la mansión.

A medida que la noche caía sobre la mansión, John sentía una presencia siniestra acechando en las sombras. Sus sentidos estaban alerta, y cada crujido o susurro lo mantenía en vilo. Sabía que debía ser cauteloso y mantenerse un paso adelante de los secretos que parecían querer permanecer ocultos.

Mientras recorría las estancias polvorientas, John se encontró con pistas intrigantes que apuntaban a un pasado turbio. Cartas antiguas, diarios desgastados y fotografías en blanco y negro revelaban historias de traición, amor perdido y tragedias silenciadas. Cada fragmento de información lo llevaba más profundo en el laberinto de la mansión, desentrañando los hilos de un misterio que se resistía a ser revelado.

La oscuridad de la mansión no solo residía en sus habitaciones, sino también en los corazones de aquellos que alguna vez la habitaron. John se daba cuenta de que los secretos de la mansión no eran solo sombras en las paredes, sino también en las almas de quienes alguna vez vivieron allí. ¿Qué verdades ocultas aguardaban su descubrimiento? ¿Qué oscuros secretos podrían cambiar su vida para siempre?

Con su linterna en mano y su determinación inquebrantable, John Parker continuó su incansable búsqueda de respuestas en la mansión sumida en el olvido. El misterio se convertía en su compañero constante mientras se adentraba en los rincones más oscuros y peligrosos de la mansión, preparado para enfrentar lo que sea que encontrara en su camino.

Capítulo 2: Los pasillos de la oscuridad

Los pasillos de la mansión se extendían frente a John Parker como un laberinto sin fin. Cada paso lo sumergía aún más en la oscuridad desconcertante de aquel lugar misterioso. Las sombras danzaban a su alrededor, susurrando secretos inaudibles. La linterna en su mano era su única compañera en aquel mar de penumbras.

El eco de sus pasos resonaba en los muros desgastados mientras avanzaba con precaución. Cada vez que giraba una esquina, esperaba encontrarse con algo inesperado. El aire estaba cargado de tensión, y la sensación de que algo acechaba detrás de cada puerta crecía con cada segundo que pasaba.

Las sombras parecían cobrar vida propia, formando figuras distorsionadas que se desvanecían cuando intentaba enfocar la mirada. Cada destello de luz revelaba fragmentos de un mundo oculto que se negaba a ser completamente descubierto. John se encontraba atrapado en un juego de luces y sombras, donde la verdad era esquiva y las respuestas se desvanecían en la oscuridad.

El susurro del viento se entremezclaba con sus propios pensamientos, generando una atmósfera sobrecogedora. La mansión parecía tener una memoria propia, sus pasillos susurraban historias olvidadas y secretos enterrados en el tiempo. John sentía que los muros guardaban secretos que solo él podía desvelar, y se aferraba a esa convicción mientras continuaba su travesía en la penumbra.

Cada vez que abría una puerta, se encontraba con habitaciones llenas de polvo y recuerdos oscuros. Las telarañas se entrelazaban en los rincones, como símbolos de la negligencia y el abandono. La mansión parecía haber sido testigo de innumerables historias trágicas, y John sabía que su misión era desentrañar esos relatos enterrados en el pasado.

A medida que avanzaba por los pasillos, el peso de la oscuridad y el misterio parecía aumentar. El laberinto de pasadizos sinuosos se volvía más confuso, y el tiempo parecía dilatarse en aquella atmósfera sobrenatural. Pero John no se permitía flaquear, su determinación se fortalecía con cada descubrimiento intrigante y cada enigma sin resolver.

Los pasillos de la mansión eran un laberinto de enigmas y sombras, y John Parker era el intrépido explorador que se adentraba en su corazón tenebroso. Aunque la oscuridad amenazaba con consumirlo, él seguía adelante, buscando respuestas y desafiando las fuerzas ocultas que custodiaban los secretos más profundos de la mansión.

Capítulo 3: El Laberinto de las Mentiras

El laberinto de la mansión se expandía ante los ojos de John Parker, retándolo con sus giros y callejones sin salida. Cada paso lo adentraba más en un enjambre de engaños y falsedades cuidadosamente tejidas. Las paredes parecían susurrarle en voz baja, como si se burlaran de su intento por descubrir la verdad oculta.

Cada habitación revelaba una nueva capa de engaño. Los muebles antiguos y las pinturas en las paredes ocultaban secretos detrás de su aparente belleza. Las sombras parecían contener un mensaje encriptado, invitándolo a descifrar el verdadero significado de lo que se ocultaba en las profundidades de la mansión.

Los personajes que encontraba en su camino no eran quienes parecían ser. Cada mirada, cada palabra, eran piezas de un rompecabezas complejo que John debía armar con habilidad. Desconfiaba de las sonrisas amables y de las respuestas evasivas. Sabía que para resolver el enigma, debía aprender a leer más allá de las apariencias y desentrañar las intenciones ocultas de aquellos que se cruzaban en su camino.

El pasado de la mansión se tejía en una tela de mentiras. Diarios falsificados, cartas manipuladas y testimonios contradictorios dificultaban la tarea de reconstruir la verdad. Cada paso en falso podía conducirlo a un callejón sin salida o a un laberinto aún más intrincado. Pero John no se dejaba intimidar, sabía que la clave para resolver el enigma se encontraba entre las grietas de las mentiras.

Con astucia y perseverancia, John avanzaba en su búsqueda de respuestas. No se dejaba desviar por los desvíos y las distracciones. Se sumergía en el corazón mismo del laberinto, donde las sombras eran más densas y el engaño más sofisticado. Cada acertijo resuelto lo acercaba un paso más al centro del enigma que había consumido su mente.

El laberinto de las mentiras era un desafío implacable, pero John Parker se negaba a rendirse. A pesar de las trampas y las ilusiones, estaba decidido a desvelar la verdad que había sido ocultada durante tanto tiempo. Con cada paso, se acercaba más a la verdad que aguardaba en las profundidades de la mansión, dispuesto a enfrentar cualquier obstáculo que se interpusiera en su camino.

Capítulo 4: El Último Enigma

El último enigma aguardaba en lo más profundo de la mansión, como un desafío final para poner a prueba la determinación de John Parker. Había atravesado los misteriosos pasillos y desentrañado las mentiras que envolvían cada rincón de aquel lugar sombrío. Ahora, se encontraba frente a una puerta antigua, cerrada con un candado oxidado.

La habitación que se revelaba tras esa puerta parecía haber quedado suspendida en el tiempo. El polvo cubría cada superficie, y el aire estaba cargado de un silencio denso. En el centro de la habitación, sobre un pedestal de piedra, se encontraba un antiguo libro encuadernado en cuero, con páginas amarillentas y desgastadas.

John tomó el libro con manos temblorosas, sintiendo la energía contenida en sus páginas. Los símbolos grabados en la cubierta parecían cobrar vida, vibrando con un poder desconocido. Era el último enigma, la clave que abriría las puertas de la verdad y revelaría los secretos más profundos de la mansión.

Con cautela, John abrió el libro y comenzó a leer. Las palabras saltaban de las páginas, formando un relato fascinante y aterrador. El enigma se develaba lentamente ante sus ojos, revelando conexiones ocultas y revelaciones sorprendentes. Cada palabra era una pieza del rompecabezas, encajando perfectamente en su lugar correcto.

A medida que avanzaba en la lectura, las sombras de la habitación parecían cobrar vida, danzando a su alrededor como testigos silenciosos de la revelación que se llevaba a cabo. El último enigma se desplegaba ante él, revelando una verdad que sacudiría los cimientos de su realidad.

Las piezas del rompecabezas encajaban, y John finalmente entendió la magnitud del misterio que había perseguido. Las sombras del olvido se disipaban, dejando al descubierto una historia oculta de traición, poder y sacrificio. La mansión se erguía como un testigo silente de los acontecimientos que habían ocurrido en su interior, un testigo que ahora compartía su secreto con John.

El último enigma marcaba el final de su travesía, pero también el comienzo de una nueva comprensión. John había enfrentado las sombras del olvido y emergido victorioso, llevando consigo el conocimiento que cambiaría su vida para siempre. Con el último enigma resuelto, estaba listo para enfrentar las consecuencias y enfrentar la verdad con valentía.

Capítulo 5: El Susurro de las Sombras

Después de resolver el último enigma, John Parker se encontraba frente a un nuevo desafío: descubrir el origen de los susurros que acechaban la mansión. Las sombras se movían a su alrededor, como si quisieran revelar algo que había permanecido oculto durante mucho tiempo.

Siguiendo el rastro de los susurros, John se adentró en un pasadizo secreto que conducía a un salón oscuro y abandonado. Las paredes estaban cubiertas de antiguos símbolos y extrañas inscripciones. Mientras caminaba por la habitación, los susurros se volvían más audibles, sus voces lejanas llenaban el aire con un eco siniestro.

Las sombras se alargaban y se retorcían, pareciendo cobrar vida propia. A medida que avanzaba, John notaba que el susurro se intensificaba, como si las sombras estuvieran tratando de comunicarse con él. Aunque la voz era ininteligible, sentía una extraña conexión, como si estuviera tocando un conocimiento ancestral que trascendía el tiempo.

Las sombras danzaban a su alrededor, envolviéndolo en una danza mística y enigmática. Los secretos del pasado se manifestaban a través de ellas, como espectros que buscaban ser liberados. John se adentró aún más en el corazón de la habitación, dejándose llevar por el susurro hipnótico que lo envolvía.

De repente, una figura se materializó frente a él. Era un anciano de aspecto sabio, envuelto en una túnica oscura. Su voz se unió al susurro de las sombras, pronunciando palabras en un idioma antiguo y desconocido. John intentó comprender el mensaje, pero solo lograba captar fragmentos de la verdad que se ocultaba entre las palabras.

Las sombras, finalmente, revelaron su secreto. Habían sido testigos de los eventos que habían marcado la historia de la mansión y del pueblo circundante. Con su susurro, buscaban guiar a aquellos que se atrevieran a escuchar y desentrañar los misterios que habían sido enterrados en el olvido.

John comprendió que había sido elegido para llevar adelante esa misión. Debía convertirse en el portador de la historia, el mensajero de las sombras. Aceptó su destino con valentía y prometió honrar el conocimiento que le había sido revelado.

Con el susurro de las sombras resonando en sus oídos, John dejó la habitación en silencio. Su travesía aún no había terminado, pero ahora, tenía una guía poderosa que lo acompañaría en su búsqueda de la verdad y la redención.

Capítulo 6: El Juego de las Apariencias

Después de escuchar el susurro de las sombras, John Parker se adentró en un nuevo desafío: desenmascarar el juego de las apariencias que envolvía la mansión. Las sombras habían revelado que nada era lo que parecía, y que las máscaras ocultaban secretos profundos.

Explorando las habitaciones de la mansión, John se encontró con personajes enigmáticos y engañosos. Sus sonrisas encantadoras y sus palabras afables ocultaban intenciones oscuras. Era como si cada uno estuviera interpretando un papel en un macabro teatro, y John debía descubrir la verdad detrás de las apariencias.

A medida que profundizaba en el juego de las apariencias, John se enfrentaba a pruebas cada vez más desafiantes. Las ilusiones y los engaños se entrelazaban a su alrededor, dificultando su camino hacia la verdad. Sin embargo, su determinación se mantenía firme, decidido a desenmascarar a los jugadores que se ocultaban tras las máscaras.

En su búsqueda, John descubrió una red de intrincadas conspiraciones y traiciones. Las alianzas cambiaban constantemente, y los leales se convertían en traidores en un abrir y cerrar de ojos. Era un juego peligroso, donde el precio de confiar en las apariencias podía resultar mortal.

Pero John no se dejaba engañar. Aprendió a leer los gestos sutiles, las miradas furtivas y los silencios cargados de significado. Percibía las grietas en las máscaras, los destellos de verdadera emoción detrás de las sonrisas falsas. Se convirtió en un maestro del juego de las apariencias, desentrañando las verdades ocultas detrás de las mentiras cuidadosamente construidas.

Enfrentó a los manipuladores, desenmascarando sus artimañas y desafiando sus planes retorcidos. Los jugadores quedaron expuestos, sin máscaras que ocultaran su verdadero rostro. John se convirtió en el catalizador del caos, revelando los secretos y desatando una tempestad de revelaciones que sacudió los cimientos de la mansión.

Al final, el juego de las apariencias se desvaneció, dejando al descubierto una verdad cruda y despiadada. John había superado las pruebas y descubierto los hilos ocultos que conectaban a los jugadores en su danza de engaños. Ahora, debía enfrentar las consecuencias de sus acciones y prepararse para el próximo desafío que lo aguardaba.

Capítulo 7: Enfrentando el Pasado

Enfrentarse al pasado era un paso inevitable en la travesía de John Parker. Las sombras y las apariencias habían revelado fragmentos de una historia turbia y dolorosa que se escondía en los rincones de la mansión. Ahora, debía sumergirse en lo más profundo de sus propios recuerdos y desentrañar los secretos que había enterrado durante tanto tiempo.

La habitación en la que se encontraba era un santuario de memorias olvidadas. Fotografías descoloridas y objetos envejecidos contaban una historia que John había preferido ignorar. El eco de los susurros resonaba en su mente, recordándole que no podía escapar de su pasado.

Con valentía, John examinó las fotografías y revivió los momentos que habían sido sepultados en su memoria. Las lágrimas asomaron a sus ojos al enfrentar las verdades dolorosas y los arrepentimientos que había evitado durante tanto tiempo. Cada imagen era una pieza del rompecabezas que revelaba una parte de su historia.

Con cada recuerdo desenterrado, John reconstruía su pasado y comprendía las razones detrás de sus acciones. Los errores y las decisiones equivocadas que había tomado se presentaban ante él como fantasmas del pasado. Pero en lugar de hundirse en la culpa, se llenó de determinación para redimirse y encontrar la paz que tanto anhelaba.

El pasado se desplegaba ante sus ojos, revelando conexiones sorprendentes y revelaciones inesperadas. John descubrió la verdad detrás de las sombras que lo habían perseguido y las apariencias que había mantenido. La clave para resolver el misterio de la mansión yace en los recuerdos enterrados en lo más profundo de su ser.

El enfrentamiento con el pasado no fue fácil, pero fue necesario para seguir adelante. John dejó atrás los arrepentimientos y aceptó la responsabilidad por sus acciones. Cada paso que daba lo acercaba más a la verdad y lo ayudaba a liberarse de las cadenas que lo habían atado durante tanto tiempo.

Al final de su travesía en el pasado, John emergió con una nueva comprensión y una fuerza renovada. Había reconciliado su pasado y estaba listo para enfrentar el futuro con valentía. La historia de la mansión y su propia historia se entrelazaban, y ahora estaba listo para desafiar el destino entrelazado que le esperaba.

Capítulo 8: El Arte del Engaño

El arte del engaño se revelaba como una pieza fundamental en el intrincado rompecabezas que rodeaba la mansión. John Parker comprendía que debía dominar esta habilidad si quería desentrañar los secretos más profundos que se ocultaban entre las sombras.

Investigando en la biblioteca de la mansión, John descubrió antiguos volúmenes sobre el arte del engaño y la manipulación. Aprendió sobre las técnicas utilizadas por maestros de la mentira y los trucos que empleaban para ocultar la verdad. Se sumergió en las páginas, absorbiendo cada lección y poniendo a prueba su capacidad para discernir las artimañas de los demás.

A medida que avanzaba en su aprendizaje, John se dio cuenta de que el engaño no solo existía en las acciones de los demás, sino también en su propia capacidad para autoengañarse. Reconoció las veces en las que había caído en sus propias trampas, permitiendo que las apariencias y las sombras lo confundieran. Era hora de enfrentar su propia vulnerabilidad y utilizar el arte del engaño a su favor.

Con cada paso que daba, John se volvía más astuto y perspicaz. Desarrolló la habilidad de detectar las sutilezas en el lenguaje corporal, las microexpresiones y los giros retorcidos de la verdad. Se convirtió en un actor consumado, capaz de adoptar diferentes identidades y manipular situaciones a su favor.

El arte del engaño se convirtió en su aliado más poderoso. Utilizó su conocimiento para tender trampas a los conspiradores y desenmascarar sus maquinaciones ocultas. Los jugadores del juego de las apariencias se encontraron con un adversario implacable, capaz de anticipar sus movimientos y revelar sus secretos más oscuros.

Pero John también sabía que el arte del engaño debía ser utilizado con cautela y responsabilidad. No quería caer en la misma red de mentiras y manipulación que había envuelto la mansión durante tanto tiempo. Su objetivo era descubrir la verdad, no convertirse en un perpetuador de engaños.

Con cada engaño desmantelado, la mansión se volvía más vulnerable. Las sombras del olvido comenzaban a disiparse, dejando al descubierto una verdad incómoda pero necesaria. John estaba dispuesto a enfrentar las consecuencias de su dominio del arte del engaño y a seguir adelante en su búsqueda de la redención.

Capítulo 9: El Secreto de los Espejos

Los espejos se alzaban como testigos silenciosos en cada rincón de la mansión, reflejando las sombras del pasado y las verdades ocultas. John Parker sabía que los espejos guardaban un secreto crucial en su búsqueda de la verdad. Debía desentrañar el enigma que yacía tras sus superficies reflectantes.

Enfrentando el desafío, John se adentró en una sala llena de espejos antiguos. Cada uno tenía una historia por contar, y estaba decidido a descifrar su mensaje oculto. Observó su propio reflejo y se preguntó si alguna vez había visto su verdadero ser en esos espejos, o si siempre había sido un reflejo distorsionado de sí mismo.

Poco a poco, John se dio cuenta de que los espejos eran más que meros objetos reflectantes. Eran portales hacia otras dimensiones, capaces de mostrar realidades alternativas y verdades trascendentales. Con cuidado, comenzó a examinar cada detalle, buscando pistas y símbolos que lo guiaran hacia la revelación final.

A medida que se sumergía en la investigación, John descubrió que los espejos eran portadores de secretos ancestrales. Reflejaban los eventos pasados de la mansión y sus habitantes, así como revelaban visiones del futuro incierto. La verdad se manifestaba en los matices de las imágenes reflejadas, en los destellos de luz que revelaban la esencia misma de la realidad.

Pero los espejos también eran engañosos. Podían distorsionar la verdad y crear ilusiones cautivadoras. John se encontró enfrentando sus propias distorsiones internas, cuestionando su identidad y luchando por mantenerse fiel a sí mismo en medio de los reflejos deformados.

Con cada revelación, los espejos se volvían más poderosos y misteriosos. John se encontraba atrapado entre el deseo de descubrir la verdad y el temor a perderse en el abismo de los espejos. Debía encontrar el equilibrio entre el conocimiento y la sabiduría, entre la realidad y la ilusión.

Finalmente, después de innumerables horas de exploración, John desentrañó el secreto de los espejos. Descubrió que la verdadera respuesta no se encontraba en la superficie reflectante, sino en su propia percepción y comprensión del mundo que lo rodeaba. Los espejos eran solo un medio para mirar dentro de sí mismo y enfrentar sus propias sombras.

Con el secreto de los espejos revelado, John se sintió más cerca de la verdad que nunca. Estaba listo para enfrentar la trampa mortal que aguardaba más allá de los reflejos, dispuesto a pagar el precio del conocimiento y desentrañar el último enigma que lo llevaría a la redención.

Capítulo 10: La Trampa Mortal

La mansión se volvía cada vez más opresiva, como si sus paredes estuvieran cerrándose lentamente alrededor de John Parker. Sabía que estaba atrapado en una trampa mortal, y el tiempo se agotaba rápidamente. Cada paso que daba era una apuesta arriesgada, y el enemigo acechaba en las sombras, esperando el momento oportuno para atacar.

El laberinto de pasillos se convirtió en un campo de batalla donde las mentiras y las verdades se entrelazaban peligrosamente. John se encontró rodeado de engaños y trampas mortales, desafiado a mantener la calma y utilizar todas sus habilidades para sobrevivir.

Las luces parpadeantes y los murmullos siniestros lo mantenían en constante alerta. Cada esquina parecía albergar una amenaza invisible, y el sonido de sus propios latidos resonaba en sus oídos, recordándole lo cerca que estaba de la muerte.

Con valentía, John avanzaba con determinación, sorteando obstáculos y evitando trampas letales. Cada decisión que tomaba podía significar la diferencia entre la vida y la muerte. Las sombras se movían a su alrededor, jugando con su mente y desafiándolo a seguir adelante.

El laberinto de la mansión parecía no tener fin. Cada giro y cada cruce era una encrucijada llena de peligros mortales. John confiaba en su intuición y su instinto de supervivencia para guiarlo a través del laberinto hacia la salida.

El susurro de las sombras se intensificaba a medida que se acercaba al final del laberinto. Los enigmas y los acertijos se volvían más complejos, desafiando su ingenio y poniendo a prueba su resistencia. Pero John no se dejaba intimidar. Estaba dispuesto a enfrentar cualquier obstáculo para descubrir la verdad y escapar de la trampa mortal que lo atrapaba.

El aliento agitado y el sudor en su frente eran testimonio de la intensidad de la batalla que estaba librando. Cada paso era una lucha, cada avance una victoria sobre las fuerzas que intentaban destruirlo. Estaba dispuesto a llegar hasta el final, sin importar el precio que tuviera que pagar.

Finalmente, después de un arduo esfuerzo y un enfrentamiento final con sus propios miedos, John emergió del laberinto. Había superado la trampa mortal y había sobrevivido. Pero sabía que su viaje aún no había terminado. Aún quedaban más desafíos por enfrentar y más secretos por descubrir en su búsqueda para desvelar el misterio de la mansión.

Capítulo 11: El Hilo de la Verdad

Después de escapar de la trampa mortal del laberinto, John Parker se encontraba exhausto pero determinado a seguir adelante en su búsqueda de la verdad. Sabía que estaba cerca de desvelar los secretos más oscuros de la mansión, y solo había una cosa que lo separaba de la revelación final: el hilo de la verdad.

El hilo de la verdad era una antigua leyenda que circulaba entre los habitantes de la mansión. Se decía que era un hilo invisible que conectaba todos los eventos y personajes, revelando la red de engaños y manipulaciones que había envuelto a la mansión durante tanto tiempo.

John se embarcó en una búsqueda incansable para encontrar el hilo de la verdad. Exploró cada habitación, examinó cada objeto y habló con cada persona que encontró en su camino. Siguió las pistas dispersas por la mansión, atando cabos sueltos y uniendo los fragmentos de información que había recopilado a lo largo de su viaje.

Con cada paso que daba, el hilo de la verdad se volvía más claro. John podía sentir su presencia en el aire, como una fuerza invisible que lo guiaba hacia la resolución final. Pero también sabía que el hilo de la verdad era frágil y vulnerable. Un mal movimiento, una decisión equivocada, y podría romperse, dejándolo perdido en un mar de mentiras y decepciones.

A medida que avanzaba, John se encontró con personajes misteriosos y situaciones intrigantes. Cada encuentro parecía estar conectado de alguna manera con el hilo de la verdad. Siguió las pistas como un detective persiguiendo a su presa, desentrañando los nudos de la conspiración y descubriendo la verdad oculta detrás de cada mentira.

El hilo de la verdad se convirtió en su brújula, guiándolo a través de los giros y vueltas de la mansión. A medida que se acercaba a la revelación final, podía sentir cómo se estrechaba su conexión con la verdad, como si estuviera a punto de tocarla con la punta de los dedos.

Finalmente, en una habitación secreta oculta en lo más profundo de la mansión, John encontró el origen del hilo de la verdad. Era un antiguo pergamino, cubierto de símbolos y escrituras enigmáticas. A medida que lo leía, todas las piezas del rompecabezas se unieron, revelando la verdad que había estado buscando.

El hilo de la verdad no solo desvelaba los secretos de la mansión, sino también los secretos de su propio pasado. John comprendió que su destino estaba entrelazado con el de la mansión de una manera que nunca había imaginado. Estaba listo para enfrentar las consecuencias de su descubrimiento y seguir adelante en su camino hacia la resolución final.

Capítulo 12: El Eco de los Susurros

En el silencio de la noche, la mansión parecía cobrar vida con susurros misteriosos. Cada rincón resonaba con ecos de secretos y confesiones ocultas. John Parker se encontraba inmerso en un mar de voces susurrantes, tratando de descifrar su significado y desentrañar la verdad que se escondía detrás de ellos.

Los susurros eran como fantasmas que emergían de las paredes, recordándole los errores del pasado y las decisiones que habían llevado a la mansión a su actual estado de oscuridad. Eran voces de arrepentimiento y redención, que buscaban ser escuchadas y comprendidas.

John se adentró en una sala abandonada, donde los susurros parecían ser más fuertes. Cerró los ojos y se dejó envolver por ellos, tratando de discernir las palabras y los mensajes que transmitían. Cada susurro era una pista, una pieza del rompecabezas que lo acercaba un poco más a la verdad.

A medida que los susurros se volvían más claros, John descubrió que algunos provenían de los habitantes anteriores de la mansión. Eran voces atormentadas, susurros de remordimiento y tristeza. Parecían atrapados en un ciclo interminable de penitencia, incapaces de encontrar la paz.

Pero también había susurros de esperanza y guía. Voces que lo alentaban a seguir adelante, a no perder la fe en su búsqueda. Eran susurros de apoyo y valentía, que le recordaban que no estaba solo en su lucha contra las sombras del olvido.

John comenzó a registrar los susurros, a anotar sus palabras y a buscar patrones entre ellos. Los hilos de las voces se entrelazaban, revelando conexiones ocultas y revelaciones impactantes. Cada susurro era una pista valiosa, un eco del pasado que lo guiaba hacia la verdad.

A medida que profundizaba en la investigación, los susurros se intensificaban. John podía sentir su presencia a su alrededor, envolviéndolo en una neblina de misterio. Pero no se dejaba intimidar. Estaba decidido a seguir adelante, a escuchar cada susurro y a descifrar su significado.

Finalmente, en medio de la tormenta de susurros, John captó una frase clave que resonaba en su mente: "El espejo de las almas". Era el nombre de un objeto perdido que se decía contenía la verdad definitiva. John sabía que debía encontrar ese espejo y enfrentar su propio reflejo en él para alcanzar la revelación final.

Con el eco de los susurros guiándolo, John se preparó para enfrentar su próximo desafío. Estaba decidido a descubrir el misterio que se ocultaba detrás del espejo de las almas y desentrañar el último secreto que le permitiría liberar a la mansión de las sombras del olvido.

Capítulo 13: El Enigma del Reloj

El reloj en la pared marcaba el paso implacable del tiempo mientras John Parker se adentraba en la habitación más misteriosa de la mansión. El tic-tac resonaba en sus oídos, recordándole que cada segundo era valioso en su búsqueda de la verdad.

El enigma del reloj era conocido por todos los habitantes de la mansión, pero pocos se atrevían a enfrentarlo. Se decía que ocultaba secretos insondables y que solo aquellos lo suficientemente astutos y valientes podrían desentrañar sus misterios.

La habitación estaba llena de relojes antiguos, cada uno con sus manecillas girando en direcciones desconcertantes. John se acercó a ellos, observando atentamente sus rostros, buscando cualquier pista que pudiera ayudarlo a resolver el enigma.

A medida que estudiaba los relojes, John notó que cada uno tenía un símbolo único grabado en su base. Eran símbolos enigmáticos, como piezas de un rompecabezas que debían ser ensambladas correctamente. Decidió que la clave para resolver el enigma del reloj estaba en descubrir el patrón oculto detrás de estos símbolos.

Después de horas de análisis y reflexión, John comenzó a notar una conexión entre los símbolos y las manecillas de los relojes. Parecían indicar una secuencia específica que debía seguirse para desbloquear el enigma. Con manos temblorosas, giró las manecillas de los relojes siguiendo el patrón descubierto.

Un clic resonó en la habitación y las manecillas de los relojes se detuvieron de repente. La habitación quedó sumida en un silencio tenso, como si estuviera sosteniendo el aliento. John esperaba con anticipación, esperando que el enigma del reloj finalmente se revelara.

Entonces, un panel secreto se abrió en la pared, revelando un pasadizo oculto. John sabía que era el siguiente paso en su búsqueda de la verdad. Con determinación, se adentró en el oscuro pasadizo, iluminando su camino con una linterna.

El pasadizo era estrecho y sinuoso, con murmullos susurrantes que parecían emanar de las paredes. John caminaba con cautela, anticipando cualquier peligro que pudiera acechar en la oscuridad. Cada paso lo acercaba un poco más a la revelación final.

A medida que avanzaba por el pasadizo, los murmullos se intensificaban, susurros incomprensibles que lo envolvían como una niebla densa. John se esforzaba por mantener la concentración, enfocándose en su objetivo y bloqueando las distracciones.

Después de lo que pareció una eternidad, John emergió del pasadizo en una sala iluminada por una tenue luz. En el centro de la sala, sobre un pedestal, se encontraba el objeto más codiciado: el enigma del reloj.

Con manos temblorosas pero decididas, John se acercó al enigma. Sabía que su resolución final estaba cerca, que la verdad que tanto anhelaba estaba a punto de revelarse. Con una última mirada determinada, comenzó a descifrar el enigma del reloj.

Capítulo 14: Entre la Luz y la Oscuridad

La habitación en la que John Parker se encontraba era un cruce entre dos mundos: uno bañado por la luz brillante y otro sumido en la oscuridad más profunda. Era un lugar de dualidad, donde la verdad y los secretos se entrelazaban en una danza peligrosa.

Enfrentado con esta elección, John sabía que debía navegar con cautela por el delicado equilibrio entre la luz y la oscuridad. Cada paso que diera lo llevaría más cerca de la revelación final, pero también lo expondría a los peligros ocultos en las sombras.

La luz lo atraía con su promesa de claridad y certeza. Representaba la verdad desnuda, sin ocultamientos ni engaños. Pero también sabía que la luz podía cegar, revelando verdades dolorosas que preferiría no enfrentar. Sin embargo, estaba dispuesto a arriesgarse por el bien de descubrir la verdad que tanto ansiaba.

La oscuridad, por otro lado, susurraba secretos y misterios seductores. Era un lugar de ocultamiento y engaño, donde las sombras ocultaban tanto la verdad como la mentira. A pesar del peligro que suponía adentrarse en la oscuridad, John sabía que algunos secretos solo podían ser desvelados allí.

Con valentía, John decidió explorar ambos caminos. Se adentró en la luz, dejando que sus rayos iluminaran su camino. Cada revelación en la claridad de la luz lo acercaba más a la verdad, pero también lo obligaba a enfrentar las consecuencias de sus acciones pasadas.

Sin embargo, no podía ignorar la tentación de la oscuridad. Siguió los pasos de sombras esquivas y se sumergió en su abrazo engañoso. Allí descubrió secretos oscuros y revelaciones impactantes que desafiaban su percepción de la realidad.

El dilema entre la luz y la oscuridad se convirtió en una lucha interna para John. Se encontraba atrapado entre la necesidad de la verdad y el temor a las revelaciones que podrían destruirlo todo. Pero sabía que no podía dar marcha atrás. Debía enfrentar tanto la luz como la oscuridad para alcanzar la resolución final.

En su travesía, John se dio cuenta de que la verdad no residía exclusivamente en uno u otro extremo. Era la combinación de ambos, el equilibrio entre la claridad y la sombra, lo que revelaría la verdad completa. Debía aprender a aceptar tanto la luz como la oscuridad dentro de sí mismo para desentrañar los secretos más profundos de la mansión.

Con cada paso que daba, se acercaba cada vez más al corazón del misterio. Entre la luz y la oscuridad, John Parker se preparaba para enfrentar las revelaciones finales y descubrir el legado oculto que había estado esperando.

Capítulo 15: La Sombra del Traicionero

En lo más profundo de la mansión, John Parker se encontró cara a cara con un enemigo inesperado: la sombra del traicionero. Era una presencia oscura y malévola, una entidad que había permanecido oculta en los rincones más sombríos de la mansión, esperando el momento oportuno para revelarse.

La sombra del traicionero emanaba una energía siniestra, envolviendo a John en un escalofrío penetrante. Parecía conocer todos sus secretos, cada debilidad y temor que lo atormentaban. Era como si la sombra supiera cómo manipularlo, cómo utilizar su pasado en su contra.

Con valentía, John decidió enfrentar a su adversario. Sabía que no podía permitir que la sombra lo controlara, que debía superar sus propios miedos y luchar por la verdad. Se armó de coraje y se adentró en un juego mortal de astucia y engaño.

La sombra del traicionero se movía con agilidad, esquivando cada intento de John de atraparla. Parecía anticipar cada movimiento, como si estuviera leyendo su mente. Pero John no se dejó intimidar. Con cada derrota, se levantaba más fuerte, más decidido a desenmascarar a su enemigo.

A medida que la batalla se intensificaba, John descubrió que la sombra no era solo un enemigo externo, sino una representación de su propia oscuridad interna. La sombra personificaba sus secretos más oscuros y su traición pasada, recordándole las consecuencias de sus acciones.

Pero John no permitiría que su pasado lo definiera. Se enfrentó a la sombra con la determinación de redimirse, de dejar atrás los errores y encontrar la verdad que tanto buscaba. Cada golpe que lanzaba era un recordatorio de su fuerza interior y de su voluntad de superar las sombras del pasado.

La batalla alcanzó su punto álgido cuando John finalmente logró acorralar a la sombra. La miró a los ojos, reconociendo la parte oscura de sí mismo y aceptándola como parte de su ser. En ese momento, la sombra se disipó, desvaneciéndose en la nada.

John se sintió liberado. Había enfrentado su propia sombra y había emergido victorioso. Sabía que, aunque el camino hacia la verdad estaba lleno de peligros y obstáculos, tenía la fuerza y la determinación para seguir adelante.

La sombra del traicionero había sido derrotada, pero John entendía que siempre habría desafíos en su búsqueda. Sin embargo, estaba listo para enfrentarlos, sabiendo que la verdad valía cada sacrificio y que la redención personal era posible.

Con renovada determinación, John Parker continuó su travesía por la mansión, decidido a descubrir el misterio que lo rodeaba y desentrañar el legado de los antiguos.

Capítulo 16: El Vórtice de la Perdición

El vórtice de la perdición se abrió ante los ojos de John Parker, invitándolo a adentrarse en su torbellino implacable. Era una fuerza poderosa y temible, capaz de arrastrarlo hacia la oscuridad y la desesperación si no era lo suficientemente cauteloso.

La atracción del vórtice era magnética, como si susurrase promesas engañosas en el oído de John. Le ofrecía respuestas y revelaciones, pero también advertía sobre los peligros que acechaban en su interior. Sin embargo, John no podía resistirse a su llamado, sabiendo que solo enfrentando el vórtice podría descubrir la verdad final.

Con paso decidido, John se adentró en el vórtice, sintiendo cómo la energía a su alrededor se intensificaba. El viento soplaba furiosamente, agitando su cabello y su ropa, mientras su entorno se distorsionaba en un remolino caótico de luces y sombras.

Mientras avanzaba, John se vio envuelto en una sucesión de imágenes y recuerdos confusos. Pasajes de su pasado surgían y se desvanecían, mezclándose con visiones del presente y del futuro. Era como si el vórtice quisiera revelarle su destino, desentrañar los hilos del tiempo que lo habían llevado hasta allí.

La confusión y la incertidumbre amenazaban con abrumarlo, pero John se aferró a su determinación. Cada imagen, cada visión fugaz, era una pieza del rompecabezas que debía encajar en su búsqueda de la verdad. Se esforzó por encontrar patrones, pistas que pudieran guiarlo hacia el conocimiento que ansiaba.

A medida que avanzaba en el vórtice, la sensación de peligro se intensificaba. La oscuridad lo rodeaba, susurros amenazantes lo acechaban desde las sombras. Pero John se negó a ceder ante el miedo. Se fortaleció con cada desafío, sabiendo que solo a través de la adversidad podría alcanzar la claridad.

Finalmente, en el corazón del vórtice, John encontró la respuesta que tanto había buscado. Era una revelación impactante, una verdad que desafió todas sus expectativas. Las piezas del rompecabezas encajaron perfectamente, revelando un panorama completo y conmovedor.

El vórtice de la perdición se disipó lentamente, dejando a John parado en el centro de la habitación, con la verdad en sus manos. Aunque había sido un viaje agotador y peligroso, sabía que había valido la pena. La verdad estaba frente a él, brillante y clara como nunca antes.

Ahora armado con el conocimiento, John estaba listo para enfrentar el siguiente desafío. La verdad no era el fin de su búsqueda, sino el comienzo de un nuevo capítulo. Se preparó para lo que vendría a continuación, consciente de que el camino hacia la resolución final aún estaba plagado de pruebas y obstáculos.

Con paso firme, John Parker se alejó del vórtice de la perdición, listo para desvelar el próximo enigma y continuar su travesía en busca de respuestas.

Capítulo 17: El Precio del Conocimiento

Después de atravesar el vórtice de la perdición, John Parker se encontró cara a cara con una figura enigmática. Era un anciano de aspecto sabio, vestido con túnicas oscuras y portando un libro antiguo entre sus manos arrugadas. Este misterioso personaje representaba el guardián del conocimiento, aquel que tenía las respuestas que John tanto ansiaba.

El anciano levantó la mirada y fijó sus ojos penetrantes en John. Su voz resonó en la habitación, cargada de solemnidad y sabiduría acumulada a lo largo de los años.

"El conocimiento tiene un precio, joven buscador", dijo el anciano con voz profunda. "¿Estás dispuesto a pagar el tributo que exige?"

John asintió con determinación, consciente de que el camino hacia la verdad no sería fácil ni gratuito. Estaba dispuesto a sacrificar lo que fuera necesario para desvelar los secretos ocultos en la mansión.

El anciano extendió el libro antiguo hacia John. Las páginas amarillentas estaban llenas de símbolos y palabras desconocidas. Era un tesoro de sabiduría ancestral que solo podía ser desentrañado por aquellos lo suficientemente valientes y perseverantes.

Con manos temblorosas pero resueltas, John comenzó a estudiar el libro. Cada página era un desafío, cada palabra un enigma que debía resolver. Pasaron horas, días e incluso semanas mientras se sumergía en el conocimiento prohibido contenido en las páginas.

El precio del conocimiento se hizo evidente. Cada respuesta que encontraba requería un sacrificio personal. Tenía que dejar atrás viejas creencias, enfrentar sus propios errores y renunciar a partes de su antiguo yo. Cada revelación sacudía los cimientos de su existencia, desafiando su percepción del mundo y su lugar en él.

Sin embargo, John perseveró. Aceptó el dolor y la confusión como parte del viaje hacia la verdad. Cada pedazo de conocimiento adquirido lo acercaba un paso más a su objetivo final.

Finalmente, el último enigma se reveló ante John. El guardián del conocimiento sonrió y asintió, reconociendo su dedicación y sacrificio. "Has alcanzado el final de tu travesía, joven buscador", dijo el anciano. "La verdad aguarda en tu interior".

Con el conocimiento adquirido y la verdad en su posesión, John se sintió transformado. Había pagado el precio exigido y ahora estaba listo para enfrentar los desafíos finales que se avecinaban.

Con determinación renovada, John Parker se preparó para desvelar el legado de los antiguos y desentrañar el último secreto que lo aguardaba en la mansión. Sabía que el camino hacia la resolución final sería arduo, pero estaba dispuesto a enfrentarlo. Había pagado el precio del conocimiento y no descansaría hasta que todo quedara revelado.

Capítulo 18: El Legado de los Antiguos

El legado de los antiguos se extendía ante John Parker como un laberinto de misterios y secretos. Había llegado al punto culminante de su travesía, donde las respuestas finales aguardaban en lo más profundo de la mansión.

Cada paso que daba resonaba en los pasillos silenciosos. La atmósfera estaba cargada de una energía ancestral, como si los susurros del pasado resonaran en cada rincón. John podía sentir la presencia de los antiguos, de aquellos que habían dejado su huella indeleble en la mansión.

Mientras avanzaba por el laberinto de los recuerdos, John se encontró con inscripciones grabadas en las paredes. Eran símbolos y escrituras antiguas que requerían desciframiento. Con paciencia y determinación, se sumergió en el estudio de las inscripciones, buscando pistas que lo guiaran hacia su destino final.

El legado de los antiguos era complejo y enigmático. Cada pista que descubría parecía llevarlo más cerca de la verdad, pero también lo confundía aún más. Era como si los antiguos hubieran tejido un enigma intrincado que solo los más perseverantes podrían desentrañar.

En su búsqueda, John descubrió una cripta oculta en lo más profundo del laberinto. El aire se volvió más denso y el ambiente se impregnó de una sensación ominosa. La cripta parecía ser el punto culminante de su viaje, el lugar donde finalmente encontraría las respuestas que buscaba.

Con un corazón acelerado, John empujó las pesadas puertas de la cripta y entró en su interior. Una luz tenue iluminaba la estancia, revelando estantes llenos de pergaminos antiguos y artefactos misteriosos. Era como un tesoro de conocimiento y sabiduría perdida.

John se sumergió en la lectura de los pergaminos, descubriendo la historia de los antiguos y su conexión con la mansión. Cada revelación le abría los ojos a un nuevo nivel de comprensión, cada descubrimiento resonaba en su ser.

En medio de la cripta, encontró un espejo antiguo. Su superficie pulida brillaba con un resplandor misterioso. John se miró en el espejo y se vio reflejado, pero también captó destellos de los antiguos. Era como si su esencia se fusionara con la suya, como si se conectara con ellos en un nivel más profundo.

El legado de los antiguos había dejado su huella en John. Había heredado su sabiduría y conocimiento, y ahora tenía la responsabilidad de compartirlo con el mundo. Se levantó de la cripta, con el legado de los antiguos grabado en su corazón y su mente.

Con paso firme y mente clara, John Parker se dirigió hacia el último desafío que aguardaba en la mansión. Estaba listo para enfrentar el desenlace final, donde la verdad absoluta lo esperaba.

Capítulo 19: El Umbral de la Locura

El umbral de la locura se alzaba frente a John Parker como un desafío final en su búsqueda de la verdad. La mansión parecía retorcerse y distorsionarse a su alrededor, como si estuviera en sintonía con los pensamientos oscuros que acechaban en su mente.

A medida que avanzaba hacia el umbral, John sentía cómo la línea entre la realidad y la ilusión se difuminaba. Sombras se contorsionaban y susurros susurraban en su oído, jugando con su cordura. Sin embargo, se aferró a su determinación, recordando que había llegado demasiado lejos para retroceder.

Al cruzar el umbral, John se encontró inmerso en un laberinto de espejos. Cada reflejo era una versión distorsionada de sí mismo, una proyección de sus miedos y dudas más profundas. Se enfrentó a su propio reflejo, mirándose a los ojos y desafiando las sombras que lo acosaban.

El laberinto de los recuerdos se convirtió en un torbellino de imágenes y sensaciones. Pasajes de su pasado surgieron ante él, momentos de alegría y dolor que lo habían moldeado hasta convertirse en quien era en ese momento. Pero también emergieron recuerdos olvidados, secretos enterrados en lo más profundo de su ser.

La línea entre la realidad y la fantasía se desdibujaba aún más a medida que John avanzaba. Los espejos parecían distorsionar su reflejo, reflejando versiones alteradas de sí mismo. Dudas e inseguridades lo acosaban, poniendo a prueba su resistencia mental.

Sin embargo, John se aferró a la certeza de su propósito. Sabía que la verdad estaba al alcance de su mano, incluso si se ocultaba detrás de la locura aparente. Se sumergió en el laberinto de los espejos, enfrentándose a cada desafío con valentía y determinación.

A medida que avanzaba, los espejos comenzaron a reflejar no solo su propia imagen, sino también la de aquellos que habían sido tocados por el misterio de la mansión. Sus seres queridos, amigos y enemigos, todos se manifestaban en los espejos, recordándole la importancia de su búsqueda.

Finalmente, en el centro del laberinto, John se encontró frente a un espejo singular. Su reflejo mostraba no solo su imagen, sino también la de todos aquellos que lo habían acompañado en su travesía. Era un recordatorio de los lazos que había forjado y de las vidas que había tocado en su búsqueda de la verdad.

Con renovada fuerza, John se miró en el espejo y supo que estaba listo para enfrentar el último desafío. El umbral de la locura no lo consumiría, sino que lo fortalecería. A medida que avanzaba hacia el enfrentamiento final, sabía que estaba más cerca que nunca de desentrañar los secretos finales y revelar la verdad última.

Capítulo 20: El Misterio de la Cripta

La cripta se extendía ante John Parker como un santuario de sombras y secretos. Era el último obstáculo en su búsqueda de la verdad final. Cada paso resonaba en el silencio sepulcral, alimentando la anticipación y el temor en su corazón.

Las paredes de la cripta estaban decoradas con inscripciones y símbolos enigmáticos. La luz mortecina de las antorchas proyectaba sombras danzantes, creando una atmósfera inquietante. John sabía que había llegado al epicentro del misterio que envolvía la mansión.

Mientras avanzaba por los pasillos angostos de la cripta, un escalofrío recorrió su espalda. La sensación de que estaba siendo observado se intensificaba con cada paso. Sabía que no estaba solo en ese lugar sombrío.

Finalmente, llegó a una puerta de aspecto antiguo y desgastado. Parecía ser el umbral del conocimiento final, pero también albergaba un peligro desconocido. John tomó una profunda respiración y empujó la puerta, adentrándose en una habitación misteriosa.

En el centro de la habitación se encontraba un sarcófago ornamentado. Las runas talladas en su superficie parecían contar una historia olvidada. John se acercó con cautela, sintiendo una mezcla de fascinación y aprensión. Al abrir el sarcófago, reveló un enigma final.

En el interior, yacía un antiguo libro encuadernado en cuero desgastado. Sus páginas eran de un amarillo antiguo y exudaban un aura de conocimiento prohibido. John sabía que la respuesta a todos los enigmas estaba en ese libro.

Con manos temblorosas, abrió el libro y comenzó a leer. Las palabras parecían cobrar vida, contándole la historia de la mansión, revelando los secretos más oscuros y revelando la verdad que tanto había buscado.

A medida que avanzaba en su lectura, John se dio cuenta de que la verdad no era un punto final, sino un camino sin fin. Los secretos de la mansión eran solo el comienzo de una historia aún más vasta y compleja. Había desentrañado los misterios superficiales, pero aún quedaban verdades más profundas por descubrir.

Con determinación renovada, John cerró el libro y se levantó del sarcófago. Había completado su travesía en busca de la verdad, pero sabía que su camino no había terminado. El misterio de la cripta era solo el comienzo de una nueva aventura, una en la que exploraría los confines del conocimiento y la sabiduría.

John salió de la cripta, listo para enfrentar los desafíos y enigmas que el destino le tenía reservados. La mansión había sido el catalizador de su transformación, y ahora estaba dispuesto a enfrentar cualquier obstáculo en su camino hacia la iluminación y el descubrimiento.

Capítulo 21: La Maldición del Espejo

La maldición del espejo se cernía sobre John Parker mientras se adentraba en una habitación olvidada de la mansión. Las sombras danzaban en las paredes, susurrando advertencias silenciosas. Sabía que el espejo frente a él contenía secretos oscuros y peligrosos.

El espejo reflejaba una imagen distorsionada de John. Su reflejo mostraba una versión alterada de sí mismo, con ojos llenos de inquietud y un aura de malevolencia. Era como si el espejo fuera un portal hacia un mundo retorcido y perverso.

Con precaución, John extendió la mano hacia el espejo, sintiendo un escalofrío recorrer su piel. A medida que su mano se acercaba, una fuerza invisible lo atrajo hacia el cristal frío. Su reflejo parecía querer arrastrarlo al abismo de la oscuridad.

En un acto de valentía, John rompió el hechizo y apartó la mirada de su reflejo malévolo. Sabía que no podía dejarse seducir por las sombras. Debía enfrentar la maldición del espejo y liberarse de su influencia maligna.

En ese momento, el espejo se agrietó, revelando una luz brillante que emergía desde su interior. Era como si una fuerza poderosa estuviera tratando de escapar de su prisión de cristal. John se preparó para enfrentar el desafío final.

El espejo estalló en pedazos, liberando una explosión de energía oscura. John se encontró envuelto en una vorágine de imágenes y emociones, una mezcla de pesadilla y realidad. La maldición del espejo amenazaba con consumirlo por completo.

Pero John se aferró a su determinación. Luchó contra las ilusiones engañosas, enfrentando sus miedos más profundos. Sabía que debía encontrar la verdad en medio del caos.

Finalmente, la tormenta de oscuridad se disipó, revelando una revelación impactante. La maldición del espejo era el resultado de un antiguo pacto roto, una promesa incumplida que había dejado su huella en la mansión.

Con una mezcla de alivio y tristeza, John comprendió la verdad detrás de la maldición. Debía reparar el pacto roto y liberar a la mansión del poder oscuro que la asediaba. Su viaje estaba lejos de terminar, pero ahora tenía un propósito claro.

Mientras abandonaba la habitación del espejo, John sabía que enfrentaría desafíos aún mayores. Pero también sabía que tenía el coraje y la determinación para superarlos. La maldición del espejo había sido solo el comienzo de su batalla contra las sombras.

Capítulo 22: El Resplandor de la Verdad

El resplandor de la verdad iluminaba el camino de John Parker mientras se adentraba en la habitación secreta de la mansión. La estancia estaba llena de artefactos antiguos y pergaminos enmohecidos que contenían respuestas esperadas durante mucho tiempo.

John examinó cada rincón de la habitación, buscando pistas que lo acercaran a la verdad final. Sus ojos se posaron en un antiguo pergamino cuidadosamente enrollado. Con manos temblorosas, desenrolló el pergamino y comenzó a leer los símbolos antiguos que se desplegaban ante él.

Las palabras en el pergamino narraban la historia de una antigua sociedad secreta que guardaba el conocimiento perdido de siglos pasados. John se dio cuenta de que la mansión había sido el epicentro de esta sociedad, y él había sido elegido para desentrañar sus secretos.

A medida que avanzaba en la lectura, la habitación parecía cobrar vida a su alrededor. Los retratos en las paredes parecían observarlo con ojos penetrantes, mientras que las estatuas susurraban palabras de sabiduría ancestral. John sabía que estaba en el camino correcto.

El pergamino lo guió hacia un antiguo cofre tallado en madera oscura. Con cuidado, abrió el cofre y se encontró con un medallón antiguo que brillaba con un resplandor místico. El medallón era una clave para acceder a la cámara final donde la verdad estaba esperando.

Sosteniendo el medallón en su mano, John se adentró en un pasaje secreto oculto detrás de un cuadro en la habitación. La oscuridad lo envolvió mientras avanzaba por el angosto pasillo, guiado únicamente por el resplandor del medallón.

Al final del pasillo, John llegó a una cámara enigmática bañada en una luz mística. En el centro de la habitación, un pedestal esperaba con una sola pregunta inscrita en él: "¿Estás dispuesto a enfrentar la verdad?"

Sin titubear, John respondió en voz alta: "Sí, estoy listo".

En ese momento, la habitación se llenó de una intensa luz blanca, y la verdad se reveló ante John en toda su magnitud. Era un conocimiento poderoso y transformador que cambiaría su vida para siempre.

Con el peso de la verdad sobre sus hombros, John salió de la cámara final, preparado para enfrentar el mundo exterior con su nueva comprensión. Sabía que su viaje aún no había terminado, pero ahora estaba equipado con la verdad que había anhelado desde el principio.

Capítulo 23: El Abismo de la Desesperación

El abismo de la desesperación se abría ante los ojos de John Parker mientras se adentraba en las profundidades más oscuras de la mansión. Cada paso lo alejaba más de la luz y lo sumergía en un remolino de incertidumbre y angustia.

El aire se volvía más denso a medida que descendía por las escaleras que parecían no tener fin. Sus pensamientos se enredaban en un torbellino de dudas y temores. ¿Había llegado demasiado lejos en su búsqueda de la verdad? ¿Se había perdido irremediablemente en la oscuridad?

Finalmente, John llegó a un nivel inferior, donde la penumbra era opresiva. Las sombras danzaban en las paredes, y susurros indescifrables llenaban el aire. La mansión parecía retenerlo en su abrazo sombrío, como si no quisiera que escapara de su influencia.

En medio de la oscuridad, John divisó una puerta antigua y desgastada. Sabía que era el umbral del abismo de la desesperación. Con temblores en las manos, giró la perilla y se adentró en un espacio aún más siniestro.

La habitación estaba cubierta de pinturas desgarradoras y objetos macabros. Una sensación de malestar invadió su ser mientras se enfrentaba a la crueldad y la tragedia representadas en las obras de arte. Era como si estuviera sumergido en un océano de desesperación y sufrimiento.

A medida que examinaba las pinturas con mirada atenta, una verdad terrible se reveló ante él. Cada obra contaba una historia de dolor y pérdida, una historia que había quedado oculta en las sombras de la mansión durante mucho tiempo.

En ese momento, John entendió que el abismo de la desesperación no era solo un lugar físico, sino también un estado mental. Era el lugar donde los secretos más oscuros y las heridas más profundas se manifestaban. Era el punto de quiebre donde la voluntad se debilitaba y la esperanza se desvanecía.

Pero John no permitiría que la desesperación lo consumiera. Aunque estaba rodeado de oscuridad, mantuvo encendida la llama de la determinación en su corazón. Sabía que debía enfrentar el abismo con valentía y encontrar una salida hacia la luz.

Con cada paso que daba, la oscuridad parecía retroceder y la esperanza se fortalecía. John se dio cuenta de que la mansión no era solo un lugar de sombras y secretos, sino también un campo de pruebas para su espíritu. Era un desafío que debía superar para liberarse de las cadenas del pasado.

Salvando el abismo de la desesperación, John emergió con una nueva perspectiva. Había enfrentado la oscuridad más profunda de su alma y había encontrado fuerza en medio de la adversidad. Estaba listo para continuar su búsqueda de la verdad, sin importar cuán difícil o desafiante pudiera ser.

Capítulo 24: El Rostro del Engañador

El rostro del engañador se presentaba frente a John Parker mientras avanzaba por los pasillos sombríos de la mansión. La figura enigmática, envuelta en las sombras, parecía desafiarlo con su mirada penetrante y una sonrisa siniestra.

John sabía que estaba acercándose al final de su búsqueda, pero también sabía que el engañador era un obstáculo formidable. Era un maestro de la manipulación y la ilusión, capaz de distorsionar la realidad y confundir a cualquiera que se atreviera a enfrentarlo.

Con paso firme, John se acercó al engañador, decidido a no dejarse engatusar por sus trucos. Sabía que debía confiar en su intuición y en los conocimientos que había adquirido a lo largo de su viaje.

El engañador extendió una mano hacia John, invitándolo a un juego peligroso de ilusiones y enigmas. John entendió que debía superar cada desafío para desenmascarar al engañador y alcanzar la verdad final que tanto ansiaba.

El primer desafío consistió en un laberinto de espejos retorcidos. Cada reflejo mostraba una versión distorsionada de la realidad, desorientando los sentidos de John. Sin embargo, confiando en su instinto, logró encontrar el camino correcto, sorteando las trampas del engañador.

El siguiente desafío fue una serie de acertijos complicados que requerían lógica y astucia para resolver. El engañador intentaba confundir a John con palabras engañosas y pistas falsas, pero él se mantuvo enfocado y encontró las respuestas correctas, desenmascarando las artimañas del engañador.

Finalmente, llegó el enfrentamiento final con el engañador. John se paró frente a él, mirándolo directamente a los ojos. Ya no se dejaba intimidar por su presencia imponente y su capacidad para distorsionar la verdad.

El engañador lanzó su última ilusión, tratando de hacer que John dudara de sí mismo. Pero John se mantuvo firme en su convicción y se negó a dejarse atrapar en las redes del engaño. Con cada paso que daba hacia adelante, la máscara del engañador se desvanecía, revelando su verdadero rostro.

La verdad finalmente se reveló ante John. La mansión había sido testigo de engaños y secretos durante generaciones. Había sido un lugar de sombras y misterios, pero también un campo de aprendizaje y crecimiento personal.

Con el engañador desenmascarado, John se sintió liberado de las cadenas de la manipulación. Había encontrado la fuerza y la sabiduría para enfrentar los obstáculos en su camino y llegar hasta aquí.

Con paso decidido, John se alejó del rostro del engañador, dejando atrás las ilusiones y las sombras. Ahora estaba más cerca que nunca de la verdad final que lo había impulsado a emprender esta aventura. Estaba listo para enfrentar cualquier desafío que pudiera surgir en su camino.

Capítulo 25: La Danza de las Sombras

La danza de las sombras envolvía a John Parker mientras avanzaba por el último tramo de la mansión. Las figuras oscuras se retorcían y se contorsionaban a su alrededor, creando una atmósfera lúgubre y misteriosa.

Cada paso de John resonaba en el suelo de madera crujiente, y el eco de sus propios pasos se mezclaba con sus pensamientos. Sabía que estaba cerca de descubrir el secreto final que se ocultaba en los rincones más oscuros de la mansión.

Las sombras parecían susurrarle al oído, invitándolo a un baile macabro. Sin embargo, John se negó a dejarse llevar por el temor. Su determinación y sed de verdad eran más fuertes que cualquier influencia maligna que pudiera acechar en la oscuridad.

A medida que avanzaba, las sombras se intensificaban, formando figuras cada vez más definidas. Reconoció caras conocidas y eventos pasados que habían quedado sepultados en el olvido. La danza de las sombras se convirtió en una representación viva de los recuerdos y los secretos que habían sido enterrados en la mansión durante tanto tiempo.

El pasado y el presente se entrelazaban en una coreografía compleja, recordándole a John las decisiones y las acciones que lo habían llevado hasta aquí. Cada movimiento, cada gesto de las sombras, revelaba una parte de su propio viaje y le mostraba las consecuencias de sus elecciones.

En medio de la danza, John encontró la claridad. Comprendió que el pasado no podía ser cambiado, pero que el futuro aún estaba en sus manos. Había llegado el momento de enfrentar las consecuencias de sus acciones y de tomar las decisiones correctas para seguir adelante.

Con cada paso que daba, las sombras se desvanecían lentamente, dejando espacio para la luz que filtraba a través de las ventanas. El baile macabro llegaba a su fin, y John emergía de la danza de las sombras transformado y fortalecido.

Al final del pasillo, una puerta se abría hacia un nuevo horizonte. John cruzó el umbral con determinación, dejando atrás las sombras y los secretos de la mansión. Sabía que aún quedaban desafíos por delante, pero ahora estaba preparado para enfrentarlos con valentía y sabiduría.

La danza de las sombras había dejado una profunda marca en su ser, recordándole la importancia de la introspección y la confrontación de los propios demonios internos. Ahora, con una perspectiva más clara, estaba listo para descubrir el último secreto que le aguardaba en su búsqueda de la verdad.

Capítulo 26: El Laberinto de los Recuerdos

El laberinto de los recuerdos se extendía ante los ojos de John Parker mientras avanzaba con cautela. Cada paso que daba era un viaje hacia su pasado, un laberinto de momentos perdidos y recuerdos fragmentados.

Las paredes del laberinto estaban decoradas con fotografías borrosas y cartas amarillentas, cada una conteniendo una pieza del rompecabezas de su vida. Mientras se adentraba más en el laberinto, los recuerdos se volvían más vívidos y conmovedores.

John se encontró con recuerdos de su infancia, momentos felices y desafíos superados. Recordó el amor de su familia y la calidez de los abrazos perdidos en el tiempo. Sin embargo, también encontró recuerdos dolorosos, heridas que aún no habían sanado y decisiones que lo habían llevado por caminos tortuosos.

Con cada esquina que doblaba, los recuerdos parecían cobrar vida. Escuchaba las risas de amigos perdidos, los susurros de promesas rotas y los ecos de sus propias palabras. El laberinto se convirtió en un viaje emocional, una oportunidad para enfrentar las partes más oscuras de su pasado y encontrar la redención.

A medida que avanzaba, John se dio cuenta de que el laberinto de los recuerdos no solo mostraba sus propias experiencias, sino también las de aquellos que habían dejado una huella en su vida. Se encontró con imágenes de rostros conocidos, seres queridos que habían partido pero cuyo legado seguía vivo en su corazón.

El laberinto era un recordatorio de la fragilidad de la memoria y la importancia de mantener vivos los recuerdos más preciados. Cada paso que daba era una afirmación de su compromiso de honrar el pasado y aprender de él.

Finalmente, en el corazón del laberinto, John se encontró frente a una puerta. Sabía que al cruzarla, descubriría el último secreto que había estado buscando. Tomó una respiración profunda y empujó la puerta, enfrentando la revelación que lo esperaba al otro lado.

El laberinto de los recuerdos había sido un desafío emocional, pero también una oportunidad para sanar y crecer. John emergió de él con una comprensión más profunda de sí mismo y de aquellos que habían dejado una marca en su vida. Estaba listo para enfrentar el último capítulo de su búsqueda de la verdad con valentía y determinación.

Capítulo 27: La Senda de los Enigmas

La senda de los enigmas se abría frente a John Parker, revelando un camino lleno de desafíos y misterios. Cada paso que daba lo acercaba más a la verdad final, pero también requería que desentrañara los enigmas más intrincados.

El sendero serpenteaba a través de un paisaje enigmático, con símbolos antiguos tallados en las paredes y estatuas enigmáticas que parecían observarlo fijamente. Sabía que cada prueba en este camino lo llevaría más cerca de la revelación que había buscado durante tanto tiempo.

El primer enigma se presentó en forma de un rompecabezas complicado. John examinó cada pieza con atención, moviéndolas y girándolas en busca de la combinación correcta. Cada movimiento incorrecto amenazaba con desbaratar todo su progreso, pero él perseveró, confiando en su intuición y su habilidad para resolver problemas.

El siguiente desafío lo llevó a un antiguo templo, donde debía descifrar jeroglíficos enigmáticos para abrir una puerta secreta. Cada símbolo tenía un significado oculto, y John se sumergió en la historia y el conocimiento antiguo para encontrar las respuestas que necesitaba. Con paciencia y perseverancia, logró descifrar el código y continuar su camino.

La senda de los enigmas lo llevó a través de laberintos complejos y pruebas de ingenio. Cada desafío era una prueba de su astucia y su capacidad para pensar fuera de lo común. John encontró pistas ocultas en obras de arte, resolvió acertijos matemáticos intrincados y descifró códigos secretos, todo en busca de la verdad final.

A medida que avanzaba, los enigmas se volvían más difíciles y los obstáculos más peligrosos. John se encontró cara a cara con trampas mortales y pruebas de habilidad física. Pero cada vez que superaba un desafío, se sentía más cerca de su objetivo y más decidido a llegar hasta el final.

Finalmente, llegó al último enigma en la senda. Era un enigma filosófico, una pregunta que desafiaba su comprensión del mundo y su lugar en él. Reflexionó sobre su propósito, sus elecciones y las lecciones que había aprendido en su búsqueda. Después de una profunda contemplación, encontró la respuesta y se llenó de una certeza renovada.

La senda de los enigmas lo había preparado para el desenlace final. Había demostrado su valía y su habilidad para superar cualquier obstáculo en su camino hacia la verdad. Con cada enigma resuelto, se había acercado más a la respuesta que tanto ansiaba.

Con determinación, John continuó por la senda, sabiendo que el último capítulo de su búsqueda estaba a punto de revelarse.

Capítulo 28: El Destino Entrelazado

El destino entrelazado aguardaba a John Parker en la encrucijada final de su búsqueda. Ante él se desplegaba un escenario grandioso, con hilos dorados que se entrecruzaban en un intrincado patrón. Cada hilo representaba una vida, una historia y un destino que se entrelazaba con el suyo.

Con cautela, John caminó entre los hilos, observando cómo se conectaban y se separaban, formando una red compleja de relaciones y conexiones. Reconoció algunos hilos, rostros familiares que habían dejado una huella en su vida. Otros hilos eran desconocidos, invitándolo a descubrir nuevos caminos y encuentros inesperados.

A medida que seguía el entramado de hilos, John se dio cuenta de que cada acción y elección que había tomado a lo largo de su vida había influido en el destino de otros. Sus palabras y acciones habían dejado una marca en aquellos a quienes había encontrado en su camino.

La responsabilidad pesaba sobre sus hombros mientras consideraba las consecuencias de sus decisiones pasadas. Sabía que tenía el poder de cambiar el curso de los hilos entrelazados, de redimirse y reparar cualquier daño causado. Era consciente de que incluso las acciones más pequeñas podían tener un impacto duradero en el destino de otros.

John se encontró con hilos que se habían desvanecido, señalando las vidas que ya no estaban, pero cuyas historias seguían vivas en su memoria. También descubrió hilos brillantes y vibrantes, símbolos de las nuevas conexiones que aún estaban por hacer.

En el centro del enredo de hilos, John se encontró con su propio hilo dorado. Lo siguió con la mirada, viendo cómo se entrelazaba con otros hilos, formando un tapiz único y hermoso. Comprendió que su destino estaba inextricablemente unido al de aquellos que había conocido y amado.

Con cada paso que daba, John sentía un sentido renovado de propósito y una comprensión más profunda de la interconexión de todas las vidas. Sabía que su búsqueda de la verdad no solo era suya, sino que también resonaba en los corazones y destinos de aquellos a quienes había tocado.

El destino entrelazado le recordó que cada vida es valiosa y que nuestras acciones pueden influir en la vida de otros de maneras inesperadas. Con determinación, John continuó siguiendo su hilo dorado, sabiendo que su viaje estaba llegando a su clímax y que el destino finalmente sería revelado.

Capítulo 29: El Espejo de las Almas

El espejo de las almas se alzaba majestuosamente frente a John Parker, su superficie pulida reflejando una luz misteriosa. Sabía que este era el último desafío, el portal hacia la verdad más profunda y oculta.

Con manos temblorosas, John se acercó al espejo, contemplando su propia imagen reflejada. Sin embargo, a medida que se observaba, se dio cuenta de que su reflejo no era solo suyo. En el espejo, podía ver las almas de aquellos que había encontrado en su búsqueda, sus amores perdidos y sus enemigos olvidados.

El espejo de las almas era un espejo de la verdad, revelando los secretos más profundos y oscuros. Mostraba la belleza y la fealdad, la redención y la corrupción, todo en un destello de claridad deslumbrante. John se enfrentó a su propia alma desnuda, con todas sus imperfecciones y esperanzas.

Las imágenes se sucedían rápidamente, mostrando momentos clave en su vida y en las vidas de aquellos a quienes había conocido. Vio las decisiones difíciles que había tomado, los momentos de duda y los actos de valentía. También vio las consecuencias de esas elecciones, tanto buenas como malas.

En el espejo de las almas, John encontró la verdad final, el propósito de su búsqueda. Comprendió que no se trataba solo de descubrir la verdad del mundo exterior, sino también de enfrentarse a su propia verdad interior. El viaje había sido una travesía de autodescubrimiento, de confrontación con sus miedos y sus verdades incómodas.

Con una mirada determinada, John aceptó la imagen reflejada en el espejo. Aceptó su pasado, con todos sus errores y sus logros. Se prometió a sí mismo aprender de las lecciones del pasado y vivir cada día con una mayor conciencia de sus acciones y sus consecuencias.

Mientras se alejaba del espejo de las almas, John sintió un cambio profundo en su interior. Sabía que ya no sería el mismo. Había enfrentado sus demonios internos y había abrazado su verdad, encontrando la paz en la aceptación de quien era.

Con la verdad como su guía, John se preparó para enfrentar el último desafío. Había completado su viaje, había buscado la verdad y se había encontrado a sí mismo en el proceso. Ahora, con valentía y resolución, se dirigía hacia el enfrentamiento final.

Capítulo 30: El Velo del Engaño

El velo del engaño se cernía sobre John Parker mientras se adentraba en el enfrentamiento final. La verdad y la mentira se entrelazaban en una danza peligrosa, y era imperativo que John desenmascarara las ilusiones que se interponían en su camino.

Cada paso que daba era incierto, pues el velo del engaño ocultaba trampas mortales y trucos hábilmente diseñados. Pero John estaba decidido a no dejarse engañar. Había llegado demasiado lejos en su búsqueda de la verdad y no permitiría que las artimañas de su adversario lo desviaran de su objetivo.

A medida que avanzaba, el velo del engaño cobraba vida, creando imágenes distorsionadas y engañosas. John se encontraba en un laberinto de espejos donde su propia imagen se multiplicaba en infinitas versiones, cada una reflejando una realidad alterada. Debía confiar en su instinto y discernir entre lo real y lo falso.

El enfrentamiento final requería no solo astucia, sino también valentía. John se encontró cara a cara con su adversario, una figura enigmática envuelta en sombras. El enemigo intentó confundirlo con promesas seductoras y palabras engañosas, pero John se mantuvo firme en su propósito.

A medida que la batalla se intensificaba, John descubrió que el verdadero poder residía en su capacidad para enfrentar la verdad, sin importar cuán dolorosa pudiera ser. La oscuridad del engaño se desvanecía ante la luz de la honestidad y la claridad mental.

Finalmente, John logró desenmascarar al engañador y revelar la verdad que se ocultaba detrás del velo. Con un último esfuerzo, desbarató los planes maliciosos y liberó a aquellos que habían sido atrapados en la telaraña del engaño.

Al final del enfrentamiento, el velo del engaño se desvaneció por completo, revelando una realidad desnuda y cruda. John emergió victorioso, habiendo superado las pruebas y desentrañado los secretos más oscuros.

La batalla había dejado cicatrices, pero también había fortalecido a John. Ahora, con la verdad a su lado, estaba listo para enfrentar las consecuencias y aceptar su lugar en el mundo.

El velo del engaño había sido desgarrado, y John salió del enfrentamiento final con una perspectiva renovada. Había aprendido que la verdad era el arma más poderosa contra la mentira, y que su búsqueda de la verdad había valido la pena.

Capítulo 31: El Abrazo de la Oscuridad

Después de vencer al engañador y desenmascarar las mentiras, John Parker se encontró en un territorio desconocido. El abrazo de la oscuridad lo envolvía, sus garras frías tratando de arrastrarlo hacia la desesperación y el desasosiego.

Caminaba con precaución en la penumbra, sin saber qué peligros se ocultaban en cada rincón. La oscuridad parecía tener vida propia, susurros siniestros y sombras que se movían sigilosamente, amenazando con consumirlo.

Mientras avanzaba, John se dio cuenta de que esta era la última prueba, la batalla final que debía librar para alcanzar la plenitud de la verdad. La oscuridad era un reflejo de sus propios miedos y debilidades internas, y solo superándolos podría encontrar la luz.

Las voces en su cabeza se multiplicaban, susurrándole dudas y sembrando la confusión. Pero John se aferró a su determinación y recordó las lecciones aprendidas a lo largo de su viaje. Sabía que no podía dejarse seducir por la oscuridad y debía confiar en su fuerza interior.

El abrazo de la oscuridad intentaba desorientarlo, presentándole ilusiones tentadoras que prometían alivio y escape. Pero John reconoció que eran trampas, trampas que solo lo arrastrarían más profundamente en la oscuridad. Se mantuvo alerta y resistió las tentaciones, recordando su propósito y la importancia de mantenerse fiel a sí mismo.

Con cada paso, la oscuridad se volvía más intensa y opresiva. Pero John sabía que la luz siempre se encuentra en el interior de la oscuridad más profunda. Despertó la chispa de esperanza y coraje que ardía en su corazón, iluminando su camino hacia adelante.

Finalmente, al llegar al punto más oscuro, John se enfrentó a su mayor temor. Miró a los ojos de la oscuridad y reconoció su propia sombra. Aceptó su dualidad y se abrazó a sí mismo, encontrando la fuerza para perdonarse y avanzar hacia la redención.

En ese abrazo de la oscuridad, John se liberó de las cadenas que lo ataban a su pasado y emergió como un ser transformado. La oscuridad ya no era su enemiga, sino un recordatorio constante de su capacidad para superar los obstáculos y encontrar la verdad en los lugares más inesperados.

Con la oscuridad en su interior, John ahora se sentía completo. Sabía que su búsqueda de la verdad nunca terminaría, pero estaba listo para enfrentar cualquier desafío que se le presentara. Se adentró en la luz, llevando consigo la sabiduría ganada en las profundidades de la oscuridad.

Capítulo 32: La Promesa del Pasado

Después de atravesar el abrazo de la oscuridad, John Parker se encontró en un lugar inesperado. Ante él se alzaba una figura sombría, vestida con harapos y portando un viejo libro en sus manos. Era el guardián del pasado, un ser misterioso que había custodiado los secretos más profundos durante siglos.

El guardián le habló con una voz rasposa, llena de sabiduría y melancolía. Le reveló que el libro que sostenía contenía los recuerdos olvidados de generaciones pasadas, una crónica de la verdad que había sido borrada de la memoria colectiva.

Con cautela, John tomó el libro y comenzó a leer las historias enterradas en sus páginas. Cada palabra resonaba en su corazón, trayendo a la luz fragmentos de su propio pasado y revelando conexiones que antes habían sido veladas.

A medida que se sumergía en las profundidades del pasado, John se dio cuenta de que las respuestas que buscaba siempre habían estado ahí, ocultas en los recuerdos y en las historias de aquellos que lo precedieron. Encontró la clave para desentrañar los enigmas que habían perseguido su camino.

El guardián del pasado le reveló también una promesa ancestral. Había llegado el momento de cerrar el ciclo, de reconciliar los errores del pasado y allanar el camino hacia un futuro de redención y equilibrio. John se sintió abrumado por la responsabilidad, pero también lleno de esperanza.

Con la promesa del pasado en su corazón, John se despidió del guardián y se dispuso a cumplir su cometido. Sabía que el camino sería arduo y plagado de desafíos, pero se sentía fortalecido por el conocimiento que había adquirido.

Ahora, con el libro del pasado en su posesión y la promesa en su mente, John estaba decidido a desvelar la verdad oculta y a poner fin a las sombras del olvido de una vez por todas.

El pasado se desplegaba ante él como un lienzo lleno de lecciones y advertencias. Era hora de que John escribiera su propia historia, trascendiendo las limitaciones del pasado y forjando un futuro lleno de luz y redención.

Capítulo 33: El Camino Hacia la Verdad

Empuñando el libro del pasado y guiado por la promesa ancestral, John Parker se embarcó en el camino hacia la verdad. Cada página que pasaba revelaba más secretos ocultos y desvelaba las conexiones que habían estado entrelazadas a lo largo de los siglos.

El viaje no era fácil. El camino hacia la verdad estaba plagado de desafíos y pruebas que ponían a prueba la determinación de John. Pero él persistió, con la convicción de que solo enfrentando la verdad en todas sus formas podría alcanzar la plenitud.

A medida que avanzaba, John descubrió que la verdad no era un destino final, sino un proceso continuo de descubrimiento y crecimiento. Cada paso lo acercaba más a comprender las sombras del olvido y a desentrañar la complejidad de su propio ser.

En su camino, se encontró con personajes enigmáticos que lo desafiaron a cuestionar sus suposiciones y a mirar más allá de las apariencias. Aprendió a reconocer las capas de engaño y a descubrir la verdad que se ocultaba detrás de las máscaras y las ilusiones.

Con cada revelación, John se sentía más cerca de comprender su propósito y su papel en el entramado de la vida. Descubrió que la verdad no solo yacía en los hechos tangibles, sino también en las emociones, las intuiciones y las conexiones invisibles que unían a todas las cosas.

El camino hacia la verdad también lo llevó a enfrentar su propia sombra, aquellas partes de sí mismo que prefería ignorar. Reconoció sus errores pasados y se comprometió a aprender de ellos, transformándolos en oportunidades de crecimiento y cambio.

Finalmente, en lo más profundo de su viaje, John llegó a un punto de claridad y comprensión. La verdad se desplegó ante él en toda su magnitud, revelando una imagen completa y sincera de su existencia.

Con la verdad como su guía, John se sintió liberado de las cadenas del engaño y las sombras del olvido. Su camino no había sido en vano; había descubierto su verdadero propósito y la importancia de vivir en autenticidad y honestidad.

Ahora, con el corazón lleno de verdad, John se preparaba para enfrentar el desafío final. Sabía que aún quedaban obstáculos por superar y secretos por revelar, pero estaba listo para abrazar el destino entrelazado que lo aguardaba.

Capítulo 34: El Silencio de las Sombras

El viaje de John Parker hacia la verdad llegaba a su punto culminante. Había desentrañado los misterios del pasado, se había enfrentado a las sombras del olvido y ahora se encontraba en el umbral de la revelación final.

El capítulo final se desarrollaba en un lugar sagrado, oculto en los recovecos más profundos de la tierra. Era el Santuario de las Sombras, un espacio donde la verdad y la oscuridad se entrelazaban en un silencio sagrado.

John se adentró en el santuario, rodeado por una penumbra tranquila que parecía contener todas las respuestas que buscaba. Cada paso que daba resonaba con el eco de los susurros ancestrales, susurrándole palabras de sabiduría y advertencia.

En el centro del santuario, un altar antiguo se alzaba majestuosamente. Sobre él reposaba un objeto de poder, el resplandor de la verdad encerrado en una gema luminosa. John se acercó con reverencia, sintiendo el peso de la responsabilidad en sus hombros.

En un gesto ceremonial, levantó la gema y la sostuvo en alto. En ese momento, el silencio se hizo aún más profundo, como si el universo contuviera el aliento. El resplandor de la gema se intensificó, iluminando el santuario con una luz cegadora.

La verdad se reveló ante John, desvelando los secretos más profundos y las conexiones más inesperadas. Cada pieza del rompecabezas encajaba en su lugar, revelando una imagen completa y clara. John comprendió su propósito, su lugar en el vasto entramado del universo.

Pero junto a la verdad, también se reveló una elección trascendental. John debía decidir cómo utilizar el poder de la verdad que ahora tenía en sus manos. Podía usarlo para su beneficio personal o podía compartirlo con el mundo, permitiendo que la luz de la verdad disipe las sombras de la ignorancia y el engaño.

Con el corazón lleno de compasión y sabiduría, John tomó la decisión de compartir la verdad. Sabía que solo a través de la revelación y el entendimiento colectivo se podría construir un futuro de paz y armonía.

En ese momento de trascendencia, el silencio de las sombras se disipó y una melodía suave llenó el aire. Era el canto de la esperanza, el eco de todas las voces que habían buscado la verdad a lo largo de los tiempos.

John salió del santuario, llevando consigo el resplandor de la verdad. Ahora era su deber difundir el conocimiento y fomentar la comprensión en un mundo sediento de claridad. Se convirtió en un faro de luz, guiando a otros hacia el camino de la verdad y la sabiduría.

Así concluía el viaje de John Parker, una odisea que lo llevó desde las sombras del olvido hasta el resplandor de la verdad. Su legado perduraría en las generaciones venideras, recordando a todos la importancia de enfrentar las sombras y buscar incansablemente la verdad.

Capítulo 35: El Enfrentamiento Final

La revelación de la verdad había encendido una chispa de esperanza en el corazón de John Parker. Ahora, con su propósito claro y su determinación inquebrantable, se preparaba para el enfrentamiento final con aquellos que se habían sumido en las sombras del engaño y la corrupción.

La batalla se libraba en el corazón mismo de la oscuridad, en un lugar donde la realidad y la ilusión se entrelazaban peligrosamente. Era el Vórtice de la Perdición, un reino distorsionado que había sido creado por las mentiras y la manipulación.

John se adentró valientemente en el vórtice, enfrentándose a las ilusiones engañosas que intentaban desviar su camino. La verdad era su escudo y su espada, y con cada paso que daba, las sombras retrocedían ante su presencia luminosa.

El enfrentamiento final se aproximaba, y John se encontró cara a cara con su némesis, el ser que había tejido una red de engaño y destrucción. Era el Rostro del Engañador, una figura enigmática envuelta en un velo de mentiras.

El diálogo entre ambos fue una danza de palabras afiladas, cada uno tratando de derribar al otro con verdades y falsedades hábilmente entrelazadas. Pero John no se dejó seducir por los engaños, confiando en la fuerza de la verdad que lo impulsaba.

En un momento de claridad, el Rostro del Engañador reveló su verdadera naturaleza, una criatura de sombras alimentada por la desesperación y el sufrimiento. John comprendió que solo podía derrotarlo mostrando compasión y extendiendo una mano amiga.

En un acto de valentía, John rompió el ciclo de la violencia y le ofreció al Rostro del Engañador la oportunidad de redimirse. Le recordó que incluso en las sombras más oscuras, siempre existe la posibilidad de encontrar la luz y el perdón.

El Rostro del Engañador se debatió entre la negación y la aceptación, pero finalmente, su rostro se transformó en uno de dolor y arrepentimiento. Reconoció el daño que había causado y aceptó la oferta de redención de John.

El vórtice de la perdición se desvaneció lentamente, liberando a todos los que habían sido atrapados en su telaraña de engaño. El camino hacia la verdad había triunfado sobre las sombras de la mentira, y la luz se extendió por el horizonte, llenando el mundo de esperanza renovada.

En el resplandor de la victoria, John comprendió el poder transformador de la verdad y la compasión. Había cumplido su misión de enfrentar las sombras del olvido y restablecer el equilibrio perdido.

El legado del misterio había llegado a su fin, pero la llama de la verdad ardía en los corazones de aquellos que habían sido tocados por la odisea de John Parker. Su resurgir de las sombras había dejado una huella imborrable en la historia y en las almas de todos los que habían sido testigos de su valentía y sabiduría.

Capítulo 36: La Promesa del Pasado

Después del enfrentamiento final, John Parker se encontraba agotado pero lleno de gratitud. El mundo había sido liberado de las garras de la oscuridad y la verdad brillaba con fuerza en cada rincón.

Ahora, con su misión cumplida, John decidió regresar al lugar donde todo comenzó: la mansión que albergaba el misterio que desencadenó su odisea. Sabía que aún quedaban asuntos pendientes y secretos por desvelar.

Al llegar a la mansión, encontró un ambiente distinto al de su primera visita. La opresiva sombra que una vez cubría el lugar se había disipado y en su lugar reinaba una tranquilidad reconfortante. El lugar estaba lleno de vida nuevamente.

Recorrió los pasillos de la mansión, recordando los desafíos y las revelaciones que había enfrentado. Cada paso evocaba recuerdos y emociones que lo llevaban a comprender la trascendencia de su viaje.

En una sala oculta, descubrió un diario antiguo que pertenecía al antiguo propietario de la mansión. Las páginas estaban llenas de anotaciones y reflexiones sobre el poder del conocimiento y la importancia de enfrentar los misterios que acechaban en las sombras.

Fue en esas páginas que John encontró una pista crucial sobre el destino de su familia, una revelación que arrojaba luz sobre su linaje y el propósito que le había sido encomendado.

Decidido a desentrañar el último secreto, John siguió las indicaciones del diario y llegó a un estudio secreto en el ático de la mansión. Allí, se encontraba un antiguo espejo, cuyo brillo ocultaba el último enigma.

Al mirarse en el espejo, John se vio a sí mismo reflejado, pero también vio las figuras borrosas de sus antepasados. Comprendió que estaba conectado con una larga línea de guardianes de la verdad y protectores de la sabiduría ancestral.

En un momento de profunda reflexión, hizo una promesa a sus antepasados y a sí mismo. Se comprometió a preservar el legado del misterio, a ser un faro de luz en un mundo aún propenso a caer en las sombras del olvido.

Con la promesa del pasado en su corazón, John abandonó la mansión, dejando atrás los secretos y los enigmas que la habían envuelto durante tanto tiempo. Ahora, su camino se extendía hacia el horizonte, guiado por la verdad y la compasión.

El resurgir de las sombras había marcado un punto de inflexión en la vida de John Parker. Había enfrentado los demonios internos y externos, había desentrañado los misterios del pasado y había encontrado su propósito en el mundo.

Y así, el legado del misterio continuaba, tejiendo su hilo a través de las generaciones venideras, asegurando que la luz nunca se apagara y que las sombras del olvido fueran vencidas una y otra vez.

Capítulo 37: El Camino Hacia la Verdad

Después de su viaje lleno de desafíos y revelaciones, John Parker se embarcó en un nuevo capítulo de su vida. Decidió que era hora de compartir el conocimiento y la sabiduría que había adquirido durante su odisea con aquellos que estaban dispuestos a escuchar.

Se convirtió en un mentor y guía para aquellos que buscaban respuestas y deseaban enfrentar sus propios misterios. Abrió un centro de aprendizaje, un lugar donde las personas podían explorar los enigmas de la vida y descubrir su verdadero potencial.

En el centro de aprendizaje, John ofrecía conferencias, talleres y sesiones individuales, brindando las herramientas necesarias para enfrentar los desafíos internos y externos. Compartía historias de su propia experiencia y les recordaba a sus alumnos la importancia de la perseverancia y la fe en uno mismo.

A medida que el centro de aprendizaje crecía, también lo hacía la comunidad de personas que se unían en la búsqueda de la verdad. John se rodeó de estudiantes apasionados y colaboradores dedicados, formando una red de individuos comprometidos con la transformación personal y el despertar espiritual.

Juntos, exploraron los laberintos de la mente y del corazón, desentrañando las capas de ilusiones y apegos que los mantenían prisioneros de sus propias limitaciones. Aprendieron a discernir entre las apariencias y la autenticidad, cultivando la habilidad de ver más allá de las sombras del engaño.

El centro de aprendizaje se convirtió en un faro de luz en la comunidad, irradiando conocimiento y compasión hacia aquellos que buscaban respuestas en un mundo confuso. John y su equipo organizaron eventos comunitarios, ofrecieron programas de mentoría y brindaron apoyo a aquellos que se encontraban en momentos de dificultad.

En cada interacción, John recordaba a sus alumnos la importancia de honrar su propio viaje y abrazar la dualidad de la vida. Les enseñaba que la luz y la oscuridad existen en cada uno de nosotros, y que la verdadera sabiduría radica en el equilibrio y la aceptación de ambas partes.

A medida que los días se convertían en semanas y los meses en años, el centro de aprendizaje se convirtió en un símbolo de transformación y renacimiento. Las personas que pasaron por sus puertas encontraron la fuerza para enfrentar sus miedos, sanar sus heridas y abrazar su autenticidad.

El legado del misterio seguía vivo en cada persona que se cruzaba con el centro de aprendizaje y con John Parker. Habían aprendido a confiar en su intuición, a cuestionar las apariencias y a caminar con valentía por el camino hacia la verdad.

Y así, John continuó su labor, comprometido con su propósito de iluminar el mundo con la luz de la sabiduría. Sabía que el viaje nunca terminaba y que siempre habría nuevos enigmas por desvelar y misterios por enfrentar. Pero lo más importante, sabía que la verdad siempre prevalecería sobre las sombras del olvido.

Capítulo 38: El Silencio de las Sombras

El tiempo pasó desde la apertura del centro de aprendizaje de John Parker, y la comunidad que se había formado a su alrededor continuaba creciendo. Sin embargo, algo extraño comenzó a suceder. Una sombra de inquietud se extendía sobre el lugar, como si una presencia invisible acechara en las esquinas.

A medida que las semanas avanzaban, los alumnos y colaboradores del centro notaron un cambio en el ambiente. El entusiasmo y la energía vibrante dieron paso a un silencio inquietante. Las risas y las conversaciones animadas se volvieron escasas, reemplazadas por susurros apagados y miradas nerviosas.

John, consciente de este cambio, decidió investigar la causa de la perturbación. Recorrió las salas del centro de aprendizaje, prestando atención a los detalles que habían pasado desapercibidos. En cada rincón oscuro, parecía percibir una presencia fugaz, una sombra que se desvanecía antes de que pudiera enfocarla con claridad.

Convocó a sus colaboradores y alumnos para compartir sus inquietudes y escuchar sus experiencias. Uno a uno, relataron encuentros inexplicables, sensaciones de ser observados y la sensación de que algo oculto acechaba en las sombras.

John entendió que había un enigma más por resolver, un último desafío que debían enfrentar como comunidad. Comenzó a investigar la historia del lugar donde se encontraba el centro de aprendizaje y descubrió un antiguo relato de un espíritu atormentado que vagaba por la zona.

Decidió que era hora de confrontar el silencio de las sombras y liberar a aquel espíritu atrapado. Guió a sus alumnos en un ritual de purificación y protección, preparándolos para enfrentar lo desconocido con coraje y compasión.

Una noche, cuando la oscuridad envolvía el centro de aprendizaje, todos se reunieron en una sala especialmente preparada para el encuentro. Encendieron velas y entonaron cánticos suaves para invocar la luz y disipar las sombras.

De repente, un susurro sutil llenó el aire y una figura etérea emergió de la oscuridad. Era el espíritu atormentado que había acechado el lugar. John y los demás se acercaron con delicadeza, extendiendo su compasión y su deseo de ayudar.

A medida que conversaban con el espíritu, comprendieron que estaba atrapado en un ciclo de dolor y remordimiento. Había perdido su camino en la vida y su alma estaba en busca de redención.

Con amor y paciencia, John guió al espíritu hacia la luz, ayudándolo a liberarse de su sufrimiento y encontrar la paz. La sala se llenó de una energía vibrante mientras el espíritu ascendía, disipándose en el éter.

El silencio de las sombras se desvaneció, reemplazado por una sensación de alivio y serenidad. La comunidad se unió en gratitud por haber enfrentado ese último desafío juntos y haber trascendido los límites de lo visible.

El centro de aprendizaje volvió a ser un lugar de vitalidad y crecimiento, con una renovada conexión entre sus miembros. Comprendieron que la verdadera sabiduría radica en enfrentar y transformar las sombras internas y externas, y que solo a través del amor y la compasión se puede alcanzar la plenitud.

Y así, el legado del misterio continuó vivo, no solo en la mente de John Parker, sino en cada corazón que se abrió a la verdad. A medida que la comunidad avanzaba, cada paso se volvía más seguro, más iluminado por el conocimiento y la valentía de enfrentar los desafíos que se presentaban en su camino.

Capítulo 39: La Llave del Misterio

Después de haber enfrentado el silencio de las sombras y haber encontrado la paz, el centro de aprendizaje de John Parker se sumergió en un período de introspección y reflexión. Los miembros de la comunidad se encontraban en un estado de profunda transformación, asimilando las lecciones aprendidas y consolidando su conexión entre ellos.

En medio de este proceso, una antigua historia emergió de las profundidades del conocimiento ancestral. Se decía que existía una llave misteriosa capaz de desvelar los secretos más ocultos y abrir las puertas de la sabiduría infinita.

John se sintió atraído por esta historia y comenzó a investigar su origen y significado. Se sumergió en textos antiguos, consultó a sabios y se embarcó en un viaje personal en busca de la llave del misterio.

A medida que profundizaba en su búsqueda, John descubrió que la llave no era un objeto físico, sino una metáfora que representaba la conexión con la propia sabiduría interna. La llave del misterio residía en el poder de la intuición, la escucha profunda y la confianza en el flujo de la vida.

Impulsado por esta revelación, John decidió compartir esta enseñanza con su comunidad. Convocó a una reunión especial en el centro de aprendizaje, donde explicó el simbolismo de la llave y cómo cada individuo podía acceder a ella.

A lo largo del encuentro, se realizaron ejercicios de meditación y visualización para ayudar a los participantes a conectarse con su intuición y desbloquear su propia llave del misterio. Las personas compartieron sus experiencias, emociones y revelaciones, creando un vínculo más profundo y una comprensión colectiva.

A medida que la comunidad se adentraba en su propio ser, comenzaron a experimentar una mayor claridad y sabiduría en sus vidas cotidianas. Los miembros aprendieron a confiar en sus instintos, a reconocer las señales del universo y a tomar decisiones alineadas con su verdadero ser.

El centro de aprendizaje se convirtió en un faro de luz donde los buscadores de la verdad encontraban la guía y el apoyo necesarios para desbloquear su propia llave del misterio. Las puertas del centro se abrían de par en par para recibir a aquellos que estaban dispuestos a explorar su potencial y descubrir la profundidad de su propia sabiduría interna.

Y así, la comunidad siguió su camino, cada uno llevando consigo su propia llave del misterio. El legado de John Parker y su centro de aprendizaje se extendió más allá de las fronteras, inspirando a otros a conectarse con su intuición y explorar los misterios de la existencia.

En cada nuevo amanecer, la comunidad se recordaba a sí misma que la llave del misterio estaba siempre presente, esperando ser descubierta en los rincones más profundos del ser. Y a medida que cada individuo desbloqueaba su propia puerta, se unían en un tejido de conocimiento y conexión, tejiendo la tela de una realidad más elevada.

Capítulo 40: El Enfrentamiento Final

El centro de aprendizaje de John Parker había vivido numerosas aventuras y desafíos a lo largo de su existencia. La comunidad había crecido, se había transformado y había descubierto la clave para desvelar los misterios más profundos. Pero aún quedaba un último desafío por enfrentar.

Un oscuro personaje había estado observando desde las sombras, esperando el momento adecuado para revelarse. Se trataba de aquel que había tejido una red de engaños y manipulaciones a lo largo de la historia del centro, buscando el poder y el control sobre el conocimiento mismo.

El destino había conspirado para que este enfrentamiento final se llevara a cabo. John y su comunidad se prepararon para el desafío que se avecinaba, uniendo sus fuerzas y compartiendo su sabiduría acumulada.

El capítulo final comenzó en una noche oscura y tormentosa. Los relámpagos iluminaban el cielo y el viento soplaba con fuerza, creando una atmósfera cargada de tensión. Los miembros del centro se reunieron en un círculo, invocando la protección de la luz y fortaleciendo su conexión mutua.

El enemigo emergió de las sombras, un ser envuelto en engaños y sed de poder. Pero la comunidad estaba preparada. Utilizando su intuición y conocimiento, se enfrentaron al engañador con valentía y determinación.

La batalla fue intensa, una danza de sombras y luces que se entrelazaban en un frenético intercambio de poder. El engañador utilizaba artimañas y trampas para intentar debilitar a la comunidad, pero ellos se mantenían firmes en su propósito.

John se convirtió en el líder de la resistencia, guiando a su comunidad con sabiduría y compasión. Cada miembro desplegaba sus habilidades y talentos únicos, formando un escudo colectivo de protección y sabiduría.

El enfrentamiento culminó en un momento crucial. John se enfrentó directamente al engañador, mirándolo a los ojos y conectándose con la esencia misma de su ser. En ese instante, el engañador fue confrontado con la verdad y se vio forzado a enfrentar las consecuencias de sus acciones.

En un acto de redención, el engañador reconoció el error de sus caminos y se rindió ante la comunidad. La luz de la compasión y la transformación había triunfado sobre la oscuridad.

El centro de aprendizaje, ahora liberado de la influencia del engañador, experimentó un renacimiento. La comunidad se unió en celebración y gratitud por haber superado el último y más desafiante obstáculo.

El primer libro de las Sombras del Olvido llegaba a su conclusión, pero la historia estaba lejos de terminar. La comunidad de John Parker había aprendido valiosas lecciones, había descubierto su propio poder y había encontrado la fuerza para enfrentar los misterios del mundo.

Con el corazón lleno de esperanza y determinación, se adentraron en el siguiente capítulo de sus vidas, sabiendo que nuevos desafíos y aventuras los esperaban en el horizonte.

EPÍLOGO

El último suspiro de misterio se desvaneció en el aire mientras los personajes se despedían de la oscura mansión. Pero sus historias continuarán, dejando una huella imborrable en sus vidas. Los secretos revelados y los lazos forjados en el camino perdurarán en la memoria de aquellos que se atrevieron a adentrarse en las sombras del olvido.

"En cada página de 'Las Sombras del Olvido' se oculta un enigma que desafiará tu mente y despertará tus emociones, sumergiéndote en un laberinto de intriga y autodescubrimiento. ¿Estás listo para desvelar los secretos ocultos y enfrentar la oscuridad que yace dentro?" - Enmanuel De Jesús Adames Jiménez, autor de 'Las Sombras del Olvido'

Biografía de Enmanuel De Jesús Adames Jiménez: El Alma Creativa en Evolución

Enmanuel De Jesús Adames Jiménez, nacido el 9 de diciembre de 1994 en la vibrante ciudad de La Vega, República Dominicana, es una figura multifacética en el mundo de las artes y la ingeniería. Con una mente creativa inquieta y una pasión ardiente por la expresión, ha dejado su huella en diferentes campos, cautivando a aquellos que cruzan su camino.

Desde una edad temprana, Enmanuel mostró un talento innato para la música. Bajo el nombre artístico de JeyTid, conquistó los escenarios como cantante y compositor, cautivando a su audiencia con su voz seductora y letras llenas de emociones. Sus canciones, fusionando géneros y transmitiendo historias de amor, desafíos y superación personal, resonaron profundamente en los corazones de quienes lo escucharon.

Sin embargo, la sed de conocimiento y el deseo de desafiar los límites lo llevaron a embarcarse en una carrera académica. Enmanuel se graduó como ingeniero electromecánico, donde canalizó su pasión por la innovación y la resolución de problemas complejos. A través de su trabajo en este campo, ha demostrado su habilidad para combinar la lógica y la creatividad, encontrando soluciones únicas y eficientes.

Pero su viaje no se detuvo ahí. La escritura siempre ha sido una parte integral de su vida, y el mundo literario se convirtió en otro lienzo para su imaginación desbordante. Con una pluma hábil y una mente repleta de historias cautivadoras, Enmanuel dio vida a mundos ficticios, desentrañando misterios y explorando los rincones más profundos de la psique humana.

Su capacidad para tejer narrativas cautivadoras, combinada con su experiencia en música y su conocimiento técnico, crea una sinergia única en su escritura. Sus obras literarias se convierten en un viaje sensorial, donde el lector se sumerge en un laberinto de emociones, intrigas y revelaciones, despertando su curiosidad y manteniéndolos cautivados hasta la última página.

Enmanuel De Jesús Adames Jiménez es un alma creativa en evolución, un artista polifacético cuya pasión por la música, la escritura y la ingeniería se fusiona en una expresión única. Con cada nuevo proyecto, continúa desafiando los límites, explorando nuevas formas de contar historias y dejando una huella imborrable en el mundo del arte y la literatura. Manténgase atento a su trayectoria, ya que su genialidad creativa continúa brillando con cada nueva obra que crea.